KB176746

아무렇지 않은 척

홍현숙

오비올프레스

◆시인의 말

폭염 속에 태양이 잠시 구름 뒤에 숨었다

좀 살 것 같다

이제 내려놓을 것도 들어낼 것도 없다

괜찮다

스스로 느슨해졌다

아무렇지 않은 척

차례

1
젖는다는 말

젖는다는 말

소나기에 놀란 고깔제비꽃
모자를 벗어 빗방울을 받아먹습니다
모자가 물받이가 되었습니다
꽃잎들 덩달아 빗줄기를 타고 놉니다
참개구리 빗방울을 냉큼 받아 삼킵니다
붉은여우꼬리풀 흐드러지게 즐거운데
너무 건조해 물기하나 없는 나만 쫄딱
소나기를 맞습니다 심장 가까이 출렁이는
이 소리는 뭔가요
소나기를 만난다는 말은 한없이
젖는다는 말이었습니다 사소한 풍경에
나 이렇게 빠져든 적 있었나요
홀딱
흠뻑
젖어 본 게 언제였나요
마음속까지 젖어들 일 있을까요
나는 오늘 젖는다는 말에 반해
소나기의 꽁무니를 따라 갑니다

뼈에 핀 꽃

뼈를 다치고서야 알았다
나를 지탱하던 모든 것들이
다 한통속이었다는 걸

주인 잘못 만나 꺾인 발목
부러진 뼈를 감싸고 있던 근육과 혈 자리에
꽃 멍이 피었다
혈(血)의 누(淚)
생의 과부하

발목을 부러트리고서야
겨우 찾아낸
상처 위에 핀 꽃

갈매기세탁기

우리 집 베란다엔 괭이갈매기가 산다
하얀 파도를 물고 끼르륵 끼르륵
속이 불편한지
돌다 멈추다 반복하며 운다

남자의 작업복에 갇힌 괭이갈매기
잦은 어깨통증을 호소하며 운다
병원 이름이 적힌 엄마의 누런 손수건
색이 선명해질 때까지 소리에 감긴다
우물쭈물하다 아파트 나라에 걸려든 괭이갈매기
바다가 그리운지 저 혼자 서럽다

자신의 울음으로 각종 얼룩을 지우고
너무도 많이 써서 아픈 몸을 읽어내고 있다
울음 끝이 긴 그를 함부로 건들지 못한 채
몇 날
갈매기를 이제
돌려보내 줘야겠다

따뜻한 결속

소음과 먼지로 뒤엉킨 신축 공사장 한구석
다리에 깁스를 한 소파가
온갖 떠돌이들을 다 받아주고 있다

철근조 레미콘조 인부들의 쉼터
그들이 먹다 버린 물병이
바람을 타고 논다
일회용 잔에 남은 달콤함은
벌들을 유혹하는데

어쩌다 공사판에 흘러든 고양이들
아예 살림을 차렸다
떠돌이들끼리 맺은 인연
인부들은 피로를 앉히고
새끼고양이들을 받아주었다

분진 속에서도 결속으로 버티던 소파가
점점 땅속으로 가라앉고 있다

등판에 기댄 얼룩무늬 고양이
오수에 푹 빠져있다
그들 곁으로 가을볕이 내려와 앉아
등을 토닥여 주고 있다

위경련

알드린현탁 한 포
이티브 한 알을 삼키고 태양을 기다린다
남들은 위경련이라 하고 나는 지옥이라 한다

통증 지나고 나면
몸은 간밤의 고통을 읽어낸다
병이 몸을 길들이려한다

지옥 같은 한 뼘의 냉전
돌로 찧고 칼끝으로 찌른다
얼굴을 처박고 휴전을 기다리는 시간이면
하루가 백 년 같다

이런 날이면 차라리
태양을 삼키고 싶다

지긋이 눌린 미소

정육점 사내가 도치램프로 돼지머리를 그슬리고 있다
불구덩이에 얼굴을 맡긴 채 미소를 태우는 돼지
방금 면도한 머리가 좌판에 올려진다
내가 필요한 것이 각고(刻苦)일까 고기일까
눈앞이 흐려진다

가마솥에는 눈물로 꽉 찬 머리가 끓고 있다
솥뚜껑이 들썩이며 운다 저 눈물이
다 끓어 넘치면 돼지의 미소도 사라지리라
좌판 위에 목숨 내놓고 누군가를 기다는 생

웃는 게 웃는 게 아닌 얼굴이
하나
둘
셋

질끈 눌려 납작한 머리고기
몇 근 썰어 돌아오는 길
지긋이 눌린 미소가 자꾸 눈에 밟힌다

빗소리가 있는 시 창작 수업

빗줄기에
밑줄을 그어놓고 몇 시간째
머릿속이 하얗다

비 오는 저녁
토지길에서 먹던
탱글탱글한 감자옹심이만 생각날 뿐

청승은 금물
잘난 체 하지마라
독자는 똑똑하다
진짜 같은 거짓말을 써라
그런데, 왜 거짓말이냐

거짓말을 맞고 돌아오며
빗줄기에 섞인 시어를 찾는다
거칠고 각진 돌로 가득한 머릿속
얼마나 깎여야 진주로 변할까
토지공원에서 시청까지

가다서다 반복중이다
점점 세차게 내리는 빗줄기
이대로 서서
시 벼락이라도 맞고 싶다
단벌옷에 구멍이 나도 좋겠다

휴지를 줍다

그녀는 못생겼다
고민 끝에 피부과에 갔다
- 선생님, 저 점 빼러 왔는데요
의사는 그녀의 얼굴을 보며 걱정스레 말한다
- 대책 없이 지저분한 곳에 휴지 몇 치운다고 깨끗할까요

A도로 피부과 앞에서 그 사연 떠올리며
'봄맞이 기획 시리즈 대박세일'에 꽂혀
나도 오늘 휴지 좀 주웠다

한 근의 눈빛

2톤 트럭적재함에 실린 소 한 마리
허공에 턱을 괸 채
사거리 신호에 밀려 서 있다
거품을 줄줄 흘리며 나를 노려본다
앞 유리를 뚫을 기세다

거품을 게워내며 눈물로 말을 한다
저 착한 절규
누구를 향한 언어일까
신호가 바뀌자 달리는 트럭 뒤에서
중심을 잃고 쓰러지던 소
그 눈빛이
나를 떠나지 않는다

살은 살대로 뼈는 뼈대로
피 한 사발 가죽 한 뼘
남김없이 뜯길 생
그가 남긴 한 근의 눈빛으로
때늦은 저녁상 차린다

손가락의 기억

- 금일 0시부터 중앙현관 비밀번호가 변경 되겠습니다
- #*8573#
머뭇거림 없이 스르륵 문이 열린다
눈으로 스쳤을 뿐인데
순간의 터치로 비밀을 푸는 손가락
독한 몰입이다

닫힘 앞에 사람들이 줄을 선다
무심코 간택된 숫자들
흩어졌다 모인다
암호들은 비밀을 좁히느라 스크랩을 짠다
또 다른 손가락이 그들을 푼다
금일 0시
사람들이 바뀐 걸 잊은 채 현관 앞에 대치중이다
터치가 늦은 한 남자가 머리를 좌우로 턴다
잠시 머뭇거리던 그의 검지가 다시 속도를 낸다

#과# 사이에
열림과 닫힘이 있다

문은 풀린 비밀을 다시 엮는다
아무도 관여하지 않는 기억
손가락의 침묵은
그래서 무섭다

어느 화요일의 기록

월요일에 기댄 날
공복에 골밀도 3.0 엉성한 뼈 사이로
포사맥스 한 알을 밀어 넣고
생수 두 잔 들이키니 한숨이 번진다

홧김에 긁은 카드결제일
얼굴 모르는 시삼촌 기일
보직 없는 계약직의 의무 휴일
바람소리만 큰 이 집에서
오늘 내가 지켜야 할 것은 무엇일까

모르는 것들끼리 뜨거운 오후
쓸데없이 얼굴 큰 모니터 화면 빈 줄에
커서가 바쁘다
낮술! 자작으로
참이슬 한 병 따놓고
나 홀로 버겁다

너무 느슨해서 스스로 갇혀버린 방

저녁이 닿기도 전에 서둘러 어둡다

밤은 아직 멀었는데 나만

헐 겁 다

잘못된 파열음

퉁!
잘못된 만남은 소리부터 기분이 나쁘다

자동차 문에 손가락을 찧었다
주차장 바닥에 앉아 밀려오는 통증을 달래본다
점점 열이 오르는 왼쪽 손가락
검지인지 장지인지 분간할 수 없다
문과 손 사이
틈
묘한 어긋남으로 만난 짧은 파열음이
온몸을 깨운다
손가락이 문틈에 달려든 건지
틈이 손가락을 끌어안은 건지
찧은 손가락을 불며
내 몸에 생긴 틈 안에 후후 입김을 채운다

새카맣게 기억된 손톱
퉁!
이 소리

도둑이 남긴 결산보고서

집에 도둑이 들었다

현관문에 남은 지문들
서로 알리바이 꾸미기에 바쁘다
키다리 행운목은 긴팔로 얼굴을 가렸다
방문 앞 사랑초 입술 파르르 떨린다
매일 재잘거림으로 아침을 열던 십자매부부
그들의 불화설로 거실이 무겁다
도둑을 놓치고
철저하게 자신을 지키는 현관문은
스스로 비장하다

도둑 다녀간 후
식구들은 스스로 밀폐되어
서로 묵비권이다
겉과 속이 다른
소통의 아픔

침묵과 침묵이 마주앉아 눈치를 살핀다

드럼세탁기

몽땅 털어 넣는다
그 기억들

입사 일 년 차 단발머리 마음 흔들어놓던 그해
풋내기 칠급 공무원을 좋아했다
과거를 뒤적거릴 때마다 등장하는 흔적들
사는 게 외로움인지 괴로움인지 섞일 때
불쑥 나타나는 얼룩 하나
이쯤에서 몽땅 지울 일이다
만만한 과거들
묵은 빨래나 하면서 곱씹어야겠다
민속촌 뒷산에 앉아 봄볕에 속 태우던
그런 숙맥 같은 사랑
가끔은 우연을 핑계로 만나고 싶었고
죽이고 싶도록 미워도 했다
마음 놓고 슬퍼하지도 못했던
그런 사랑도 있었다
옥시크린 한 스푼에 드럼용 스파크 한 스푼
그의 이름 석자를 풀어 넣고

스크린 너머 소용돌이치는
물거품을 본다

하얀 빨래로 남은 추억 하나
건조대에서 말라가고 있다

오월과 칠월 사이 *

정형외과에 업혀 들어가던 날
흑백 사진에 촘촘히 박힌 신경 줄을 타고
내 잃어버린 복사뼈를 찾아 나섰다
부서진 자리에 실금처럼
아버지 얼굴 나타났다 사라진다
암선고 후 6개월을 버티지 못하고 하늘로 가신
그 때도 유월 이었다

지금 내 유월은
세 발로 걸어야하는 긴 터널 속
나서는 길목마다 돌무더기 지천이다

더듬이로 가는 이 길
그만, 목발을 놓치고 말았다
내동댕이쳐진 목발이 하늘 향해 춤을 춘다
몸을 잃고 마음으로 걷는

아버지와 걷던 이 길
유월의 터널 앞에서

가다서다
반복중이다

* 이상국 시 「유월」에서

종이의 혀

도배지에 손등을 베었다
부드럽게 스치던 종이의 혀
방심이 화를 불렀다

분위기 좀 바꾸려다 피를 보았다
지혈을 시키며
던져놓은 벽지를 살핀다
핑크빛 라벤더향 도배지에
얼룩얼룩 피가 묻었다

벽지를 달래며
재단을 하고 풀칠을 한다
벽지에 묻은 핏물이 꽃무늬로 보인다
손등 상처에서 라벤더 향이 난다

산다는 건 숨결을 나누는 일
도배지를 펴 놓고 도려낼까 말까
망설이는데 움찔
종이의 혀가 내 손을 접는다

노봉방주(露蜂房酒)

말벌 술을 선물로 받았다
유리병 안에서
서로 엉킨 채 머리를 맞대고
골똘하게 익사한 말벌들
미처 깨어나지 못한 애벌레
집을 뒤집어 쓴 채 잠들어 있다

체취일로부터 삼년 후 개봉해야
약효를 발휘한다고 적혀있다
베란다 창고를 열고 유리병을 밀어 넣는다
밀리면서 출렁거리는 갈색의 독기
죽음으로 누군가를 치유하다니
선물로 받은 약, 독
그들의 숙성을 기다리는 시간
귀에서 윙윙 소리가 난다

맥도날드가 보이는 길을 걷다

학다리 건너 길을 따라 쑥부쟁이 줄을 섰다
비행기 소음은 실시간을 알리고
갈대들 귀를 막고 서있다
나는 웅성거리는 벌떼들을 피해
가다 서다 반복중이다
돌무더기에 멍하니 앉아 시간을 때우는 이들
슬픈 다리 우울한 다리
모두다 쉬어가라 하는데

저 학다리를 거꾸로 세운다면
매 순간에 옥죄인 나를
풀어 놓을 수 있을까

구절초 군락을 지나 굴다리를 지나
바닥이 들어나는 개울을 건넌다
날마다 자기검열에 벗어나지 못하는 나를 건너
맥도날드가 보이는 황색선 안으로 들어선다
비로소 내가 조금씩 새어나가고 있다
내가 아닌 내가 걸어가고 있다

2
누군가의 뒤편인 생

소리를 읽다

복녀할머니 귀는 소리를 본다
전화선 넘어 사람을 읽는다

목소리에 더듬이 세워
사회복지사를 딸로
보이스피싱을 아들로 알아듣는다
수화기 든 손이 덜덜덜
한나절도 모자랄 기세다

밥상에 말라붙은 밥알들이
쫑긋! 귀를 세운다 그 아래
이불을 감고 누운 보따리의 갈비뼈 사이로
기운이 술술 빠져나가고 있다

통화가 길어질수록 허리가 휜다
말할 기운도 없다면서
또 전화기 쪽으로 기어간다
수화기를 귀가 씹어 먹을 기세다
할머니 명줄만큼이나 긴 전화기줄

안전 확인

창문 하나 없는 단칸방
인기척이 없다
기력을 잃은 털신 한 켤레
먼지를 뒤집어쓰고 있다
어르신 신변에 문제가 생긴 걸까
가슴 졸이며
출구를 부술 듯이
문을 마구 두드렸다
짐승 소리 같은 인기척이 들리며

– 자,
– 확인 된 거여!

윗옷을 벗은 노인이
물체처럼 서 있다
누가 누구를 살펴줘야 하는가
나를 보여 주고 돌아오던 날이다

황씨 할아버지네 고추

노지 고추가 한창인데
황씨 할아버지네 고추는 잎만 무성하다
밭가에 서있는 외등이 화근이었다
요소비료보다 절실했던 암흑(暗黑)
어둠을 기다리다 때를 놓친 고추는
날마다 뜬눈 이었다

– 저렇게 밤낮으로 환하니, 너희들 잠자리가 오죽 했겠냐

할아버지는 불면증인 외등 탓을 했다
구실 못한 채 뽑힌 빈 고춧대
밭둑에 기댄 채 노구처럼 서 있다

성능 만점짜리 원 할머니 보청기

싱근솔길 110번지
문턱에 신발 셋 지팡이 셋
미닫이문을 여니 안 오는 줄 알았다며 반색이다
아흔셋, 여든다섯, 일흔넷
독거 3인방은
이 동네에 시집와 과부로 늙었다
보청기와 비 보청기로 구분되는 세 사람

오늘은 귀가 아주 절벽인 일흔넷 할머니 신세타령을 들어줄
차례다
양옆 두 할머니 그녀에게 천치 같다며 연신 잔소리를 해대고
막내는 보청기 사정을 설명하는데 숨이 넘어간다
한쪽 귀는 개가 물어가고 또 한쪽은 누가 놀러와 밟았고
보청기 없이는 하루도 못살겠으니 복지사가 좀 해결해 달라
는 거다

난 보청기 필요 없어 하며 바삭바삭 뺑 과자만 드시는 아흔
셋 박 할머니 귀는 이상무 맥스웰 골드 한 잔 타주며 천치같
은 늙은이들 땜에 수고가 많지유 난 암것두 필요 없시유 그

저 이래 찾아와 주는 게 고맙지유 혈압 약 타러갈 때랑 머리
하러갈 때 수고해 주면 되유 라며 안부전화 깍듯이 받고 아
양 떠는 여든다섯 원 할머니 보청기는 성능 만점이다

오전 11시에 출발하는 42번 버스

상초길 느티나무 아래 42번 버스
11시 손님을 기다리고 있다
실시간으로 쏘아대는 햇볕이 귀찮은 기사아저씨
인상을 구긴 채 핸들을 베고 있다
승객은 보이지 않고 동네 개들만 짖어댄다
하우스 집 할머니
땅을 물고 걸어와 차에 오른다

노인 한 분과 개 짖는 소리를 실은 버스
산모퉁이를 돌며
나른한 시간을 풀어 놓는다
낮 11시
풍경만 싣고 떠나는 버스가
제 몸에 묻은 진흙을 털며 간다
무심코 지나가는 풍경화 한 컷

주민증을 읽다

돌담에 모인 볕들이 수런거리는 오후
밥시간을 놓친 한복순씨
조각보를 꿰매고 있다
상 옆에는 숭덩숭덩 꿰매다만 자투리 천들이 수북하다
젊을 때 삯바느질을 했다는 여든 아홉 복순씨
알뜰히 꿰맨 보자기 안에
몇 개의 숫자와 지문이 있다
한 여자로 요약된 주민등록증
더 이상 감출 게 없는 그녀가
사각 틀에 오롯이 들어 앉아 있다
그녀의 휘어진 손가락이 꺾인 세월을 읽고 있다
1929년 함경도 출생
여기까지

복순씨, 보이지 않는 주소를 읽어 보라 생떼를 쓴다
주민증 다 뒤져봐도 없는 고향
그녀가 넋을 잃었다
바느질 바구니에 햇살만 발그스레하다

하초구길 137번지

치악산 정글 속에
할미새 한 분 갇혀 있다
춘양이 식당을 아는 사람도
할미새를 보러 가지는 못한다
드문드문 인가에는 사람냄새 보다
숯 굽는 냄새가 독한 하초길
이른 아침 손님이 부담스러운 동네 개들
경중경중 뛴다
누군가가 쌓아올린 돌탑도 있다
식전에 마늘을 캐는 아주머니가 사람에 놀라
허리를 편다
- 아주머님 저기 저 집에 누가 사나요?
- 윗집은 폐가요 아래 집에 노인 혼자 산다오
아주머니 손가락이 만든 길을 따라
할미새를 만나러 간다
외로움이 덕지덕지 쌓인 정글 집으로

백설기 요양원

평생 유복자 하나만 바라보던 신씨 할머니가 요양원에 가던
날 좋은 곳으로 가게 생겼다며 억지웃음을 꺼내 보였다 태연
한 척 짐을 싸던 할머니 내 손을 잡고 생각난 게 있다며 냉장
고 쪽으로 가더니 돌덩이가 된 백설기를 주셨다 손가락으로
눌러 보다만 자리 살짝 뜯긴 모서리도 있다 왜 이렇게 오래
사는지 몰러! 난 요양원에 안 갈 껴! 나 갈 곳은 저긴데 왜
안 데려 가는 겨! 만날 때마다 당신 갈 곳은 하늘이라 이르셨
는데 남부끄러워 미처 못 한 말들 백설기에 담아 얼려 놓으
셨다 자식이 눈에 밟혀 편히 떡 한 조각 못 드셨던 구순의 신
씨 할머니 그의 속내가 내 손에서 녹는 동안 모자는 점점 멀
어지고 있었다 백설기는 말랑말랑 해지고 저만치 아들 손에
잡혀 차에 오르는 노인, 다소곳이 빗겨진 백발이 참으로 고
왔다

어이 거기

싱근솔길 개울 건너 돌담 집
귀 먼저 저승 보내고 홀로 앉아
온종일 누군가를 기다리는 할아버지
흘러내리는 바지춤이 한 짐이다

- 어이 거기
- 코피 갖고 왔어 코피 말이여 노랗게 맛있어
- 빵 같은 거 있음 갖고 와
- 쪼그만 거 말구 넓은 걸 루
- 반찬 좀 줘봐 먹게

어이 거기만 외치는 할아버지를 따돌리고
청소기를 돌린다
- 어이 거기 말고
- 복 지 사 해봐요
- 허허허 보 지 사 허허허

할아버지 표정을 바꾸더니
어이 거기 앉아봐 한다

지린내가 진동하는 그 앞에 다가 앉는데
– 어디 여자 없어? 보지사 아줌마
여자 좀 구해줘 라며 바싹 다가앉는다
지난주에 받은 고구마 한 봉지가 뇌물일 줄이야
목욕차 보내준다더니 왜 안 보내주느냐고
한 술 더 뜰 때
보지사, 이제 간다고 확 나와 버렸다
등 뒤로 할아버지 그림자
오래도록 멈춰있다

막걸리잔 속의 지문

초로의 노인이 테이블에 앉아
막걸리를 마시고 있다
시큼한 골목 안
막사발에 그려진 실금들
그곳을 다녀간 사람들을 읽어낸다
부딪치고 긁혀 충혈 된 잔에
눈길이 머문다

넘치도록 담아 움켜잡은 술잔
노인의 목주름이 술을 넘긴다
멀쑥하게 차려입은 그의 허리춤이 웅숭깊다

목주름에 딸린 그의 안위가 궁금한데
말없이 술잔만 뚫어져라 본다
기울어지는 막걸리잔에 찍히는 지문
독거의 하루가 질기다

다리목 빈집

겨울이 깊다
추녀 끝으로 간간이 녹다만 눈을 쓰고 있는 집

습관처럼 다리목에 차를 세운다
'외출' 그대로 멈춘 최씨 할머니
뒤란에서 그를 지키던 소나무
눈을 한 짐 지고 서있다
평화로운가?
첫 만남에서 가시는 날까지
미처 꺼내지 못한 말들
신발장 옆에 생경하게 고여 있다
창고 뒤 장독대에 열쇠꾸러미
풀리지 않는 수수께끼로 엮여있다
주인 잃은 방문도 입을 꽉 다물었다
허깨비가 되어버린 집
시간이 멈춘 마당에는
담쟁이 넝쿨 서로 엉킨 채
얼어붙은 집을 지키고 있다

현황조사

소초면 흥양리 하초구길 132-22번지
한참 만에 열리는 문 뒤에
잔뜩 웅크린 새 한 분 앉아 식사중이다

　생존자녀: 확인불가
　구분: 독거
　주거유형: 컨테이너
　사회활동: 없음
　경제활동: 없음
　이웃과의 왕래: 없음
　가족과 연락빈도: 없음
　의사소통: 다소 가능

인기척에 놀랐는지 수저를 놓고
입가에 된장국 흘리며 힐긋
고개를 돌리는 흰 새
백발이 한 광주리다

　대상자 확인불가

장독대 주변에서 몸을 말리던 누룩뱀, 인기척에 몸을 감춘다
날마다 부엉이 집에 모여
말벗이 되어주는 산짐승, 장독대 주변을 지키던 햇살들
조사자를 향해 혀를 찬다

조사 거부

독거(獨居)

폐교처럼 박힌 방에
혼자 사는 최할머니
유난히 낯선 정적이 섬뜩하다
할머니 방문에 귀를 열고 똑 똑
안 계신 게 분명하다
벽을 차고 흐르는 쓸쓸한 냉기가
꼭 수용소 같다

며칠 전
항암치료 하고 돌아오는 길에 단구시장에 들러
당신 좋아하는 생선 한 마리 사왔다며
검게 그을린 고등어랑 겸상을 하고
10분만 더 놀다 가라던 할머니

그 말투 생생한데 활짝 열린 문 앞에
침구와 전기밥솥 같은 가제도구들 나와 있다
낯선 남자는 그것들을 이삿짐 바구니에 던지며
이딴 거 모아봤자 폐지만도 못하다며 투덜거린다

천정에는 할머니의 남은 온기로

독거센서가 깜박인다

모든 순간이 혼자만의 시간이던 1인용 식탁에서

간간이 우는 바람을 타고 생선냄새가 난다

바퀴벌레 안전 확인

화재감지 센서 비상
활동감지 센서 정상

박할머니 댁 센서에서 경보음 울린다
잦은 경보음이다
화재감지기 열어 이상 유무를 살피는데
바퀴벌레들이 아예 살림을 차렸다

건전지를 새것으로 교체 할 때까지 죽은 척 붙어있다
온기로 가득한 바스켓 속
벌레들이 살기에 알맞은 온도
이렇게 안전하게 가정을 꾸리고 있다니
깜짝 놀란 할머니가
그들을 향해 살충제를 뿌린다
우수수 떨어진 바퀴벌레들
구실을 찾느라 빙글빙글 돈다
살충제를 마시고도 삶을 포기하지 않는다
한바탕 바퀴와의 전쟁을 치른 할머니
빗자루로 바퀴를 쓸어 담으며

연신 지겨워! 한다

이곳, 복지 사각지대

나는 무엇을 확인하고 온 것일까

아무렇지 않은 척

활동감지센서불량
전원차단
배터리구동후전원꺼짐

낮 열두시
교회 건물에 세 들어 사는 엄씨 할머니 집
설움 섞인 정적이 매캐하다
어두운 복도 끝을 돌아 나오는 동안
굳게 닫힌 문틈으로 싸한 공기가 흐른다
- 아주머니, 어르신 또 병원 가셨어요?
주인집 아줌마 힐끔 고개를 들더니
- 어르신 지난 말복날 돌아가셨어

방안에 삼양라면 박스 몇
무연고 장례식 뒤끝
집 주인은 서둘러 정리를 하고 있다
아무렇지 않게 돌아서는 등줄기에
주인집 여자의 매운 한마디가
자꾸만 박힌다

수용소 같은 원룸을 빠져나와 시청로에 멈췄다
낙엽은 선채로 물들고
사람들은 코스모스의 내용 없는 얼굴을 찍느라 바쁘다
아무렇지 않은 척 그들 대열에 든다

개집에서 하룻밤 잤다

살구나무집 마당에는 개털만 무성했다

할머니는 개장사와 흥정을 했다
누렁이는 개집 앞을 뱅글뱅글 돌다가
헐떡거리며 구덩이를 팠다
두 식구가 전부인 살구나무집
개장사가 주고 간 돈으로 할머니는 한 달을 잘 살았다
텅 빈 개집 앞을 지날 때마다
할머니의 걸음이 점점 빨라졌다
그러던 어느 날
마을회관에 나타난 할머니가
전날 밤에 개집에서 잤다며
히죽 히죽 웃고 있었다
그 후로 할머니는
다시 보이지 않았다

3
겨울 민들레

봄꿈

생전에 속만 썩이고 떠난 사람
오빠가 분명 했다
하룻밤 자고 가겠다는 그에게 방을 내주고
저 인간이 뭣 땜에 왔을까
또 돈이 떨어진 게지
얼마나 줘야하나
근심 중에 날이 밝아오는데
오빠는 잘 자고 간다며
내손에 뭔가를 남기고 사라졌다
툭하면 오빠 노릇 제대로 하겠다더니
올봄에 대박 한 번 터트릴 참인가
제발! 참으시기를

슬픈 배회

희망약국 길모퉁이에 개 한 마리
서성거린다
검문하듯 찻길을 막고
다가오는 하얀 개
번호판을 살피며 움찔 움찔
귀를 쫑긋이 세운다

슬픈 다리를 끌고 다시 돌아서는 개
꼬리에 근심이 한 짐이다
무심한 바퀴들이 백구의 긴 그림자를 밟고 달린다
버려지는 길이 혀를 찬다

여운이 질긴 인연은
슬픔이 깊다 백구는
돌아올 인기척에 기대어
하루를 일 년처럼 산다
그 곳을 지나는 바람소리들
침을 흘리며 달아나고 있다
놓친 것을 찾아 떠도는 질긴 인연

흔들리는 가족사

어머니 시집와 2년 만에 태어난 숙자 고모, 입술 아래 복점
이 있던 고모는 올케의 빈 젖을 먹고 자랐다 할머니는 장손
의 자리에 몹쓸 막내딸이 생겼다며 갓 태어난 고모를 저만치
밀쳐 두었다 젖이 불어 저고리 섶을 적셔도 거들떠보지 않았
다 어머니는 애기시누이에게 당신의 빈 젖을 물려 재우곤 했
었다 그런 며느리를 한심하게 여긴 할머니는 애기집이 튼튼
해지는 약을 해 먹였다 하루 빨리 장손 하나 점지해달라고
하늘에 치성을 올렸다 그 덕분인지 이듬해 어머니가 첫 아들
을 낳았다 공교롭게도 삼칠일이 지나도록 산모의 젖이 돌지
않았다 할머니는 오빠를, 어머니는 고모를, 서로 바꿔 젖을
물렸다 올케의 빈 젖을 먹고도 올곧게 자란 고모는 점을 빼
고 딴사람이 되어 산다 올케에게 애미야! 로 말문을 틔웠던
시누이, 오늘은 병상에 든 어머니가 고모를 쳐다보며 서툰
발음으로 애기씨! 하고 부른다 할머니의 참젖을 먹고 자란
내 오빠는 늘 허둥지둥 살다가 중앙고속도로 위에서 하늘로
갔다 그런 장손을 고모는 서열도 모르는 몹쓸 것이라며 조카
의 문상을 거부했다

겨울 민들레

눈꽃이 필 무렵이었다
민들레 즙을 짜 마시면
간이 좋아진다는 풍문을 들었다
들판이 온통 민들레로 보였다

간경화 판정에 육 개월 사형선고까지
치료를 거부한 아버지
당신을 포기하듯
그해 여름 밭을 매다가
유난히 생명력이 강하다는 민들레를
뿌리째 뽑아 버리셨다

돌아가시기 한 달 전
온몸이 황달로 물든 아버지 활짝 웃으며
내가 버린 놈이 엑기스로 돌아오다니
참으로 질긴 목숨이구나! 하셨다

그 민들레진액을 간이 멀쩡한 내가 먹다니
목젖이 싸하다

집

어머니가 살던 시골집이 쓰러져가고 있다

속을 비웠으니 더 이상 버티지 못했으리라

아끼던 장롱은 도둑이 끌어갔고

사랑채를 덮은 기와도 걷어갔다

곡식으로 가득 차 있던 뒤주에는

배고픈 쥐들의 통곡만 남았다

빈집에 남겨진 감나무는 열병에 타죽었다

한 시절, 방마다 식구들 채우고 들숨 날숨을 쉬던

그 집에 몹쓸 것들만 드나든다

성주에 걸린 전선들

죽어가는 혈관처럼 늘어져 있다

댓돌위에 남겨진 실핏줄이

그곳을 다녀간 식구들을 기억한다

쭉정이 뿐인 집을 휠체어에 앉혀 본다

사랑채 석가래 끝에서 삐꺽! 소리가 난다

스스로 무너지는 옛집

속을 비워내고 검사를 한다

점점 버티기 힘들어하는 집

어머니가 무너지고 있다

달인

옛집 대문에 수시로 매달려 있던 뱀
할아버지는 독사의 진이 다 빠질 때까지
뒷짐을 지고 마당을 어슬렁거렸다
뱀탕의 달인 엄마는
저항하는 뱀을 펄펄 끓는 옹기 약탕기에 쑤셔 넣고
부엌문 뒤에 숨었다
연탄불이 푸른 독기를 올릴 때 마다
약 뚜껑이 들썩들썩,
엄마 얼굴에는 주름이 한 줄씩 늘었다

독기 가득한 부엌에
약탕기가 식어갈 쯤
평화가 오고 묘한 향기가 흘렀다
뒷짐 진 할아버지는 군침을 삼키고
엄마는 푹 고은 뱀을 힘껏 눌러
뽀얀 국물을 뽑았다

대체 무슨 고기가 이렇게 구수할까
나는 영문도 모른 채 엄마를 채근했다

묘한 긴장감 뒤에 흐르던
그 지극한 향
어머니는 독을 향기로 만드는
달인이었다

어둠이 긴 배추밭

고랭지 배추밭 길옆에 트럭 한 대
배추를 가득 싣고 헐떡이고 있다
자른 배추를 안아내며 밭을 비우는 아내와
적재함을 채우는 남편

채우는 자와 비우는 자
그들의 등 뒤로 어둠이 달려오고 있다

배추를 채운 트럭이 몸을 비틀며 사라지자
다시 빈 밭을 향해 돌아서는 부부
버려진 허드레 배추들을 자루에 담는다
지난여름 가뭄 때문에 속 태우던 기억을 접고
배추가 덮고 있던 이불을 개키고 있다

텅 빈 이랑에 어둠이 고인다

찰옥수수

편식이 심하던 어머니
촘촘히 박힌 옥수수 요리조리 돌려가며
알뜰히도 드신다
강원도 찰옥수수 보따리 째 끌어안고
다 드실 기세다

소화는 잘 되실까

꼭 꼭 씹히는 옥수수알갱이
찰진 당신의 시간
텅 빈 옥수숫대 하나 둘 세어보다가
불쑥 불쑥 딴소리를 한다
옥수수 낱알이 되어 흩어지는
고랑 깊은 어머니의 기억들

가야할 길 얼마나 남았을까
어머니는 드시다 남긴 옥수수를
야금야금
늘려가며 드신다

사진을 보다가

거실 가득 묶은 사진들을 펴놓고 본다
할머니의 아픈 손가락인 큰삼촌은
태어날 때부터 한쪽 손가락이 없는 왼손 건축사였는데
다섯 살과 여섯 살 아들을 남겨놓고 떠났다
천재가 요절한다는 속설을 원망하던 할머니는
화병으로 삼촌 뒤를 따르셨고
집안에 남자들이 하나 둘,
오늘 그 분들 몽땅 거실에 모였다
양복에 넥타이 맨 아버지가 활짝 웃고
김포 삼촌 얼굴도 이때는 뽀얗다
오빠는 어쩌다 내 앞에 사진 한 장 남기지 않았을까

아버지는 이날 왜 이리 우울해 보이시나
안동댐을 배경으로 엄마랑 나란히 선채
마음은 허공에 둔 아버지

참 여러 산들도 거쳐 왔다
할머니 장례식 장면은 보기 싫어서 접고
이 얼굴을

이들을

어떻게 수습한다는 말인가

찢어서 몰래 종량제 봉투에 버릴까

폐지 모으는데 섞어서 분리수거장에 갖다 놓을까

그냥 다른 사진들 아래 숨겨둘까

몇 시간 째 이러고 있다

지남철

동글납작한 지남철을 속바지에 지니고 다니던 내 할머니, 서
울에서 스테인레스 그릇을 납품 받아 고향 동네에 팔았다 시
골 주방에 놋그릇과 사기그릇이 전부였던 그 시절 하얗고 번
쩍거리는 스테인레스 그릇을 처음 본 시골 사람들은 눈이
휘둥그레졌다 할머니는 대청마루에 마을사람들을 모아 놓
고 '유사품에 속지 말라' 며 열변을 토했다 동네 사람들은 지
남철을 믿고 곡식을 한 자루씩 머리에 이고 모여들었다 몇
년 한밑천 톡톡히 챙기셨던 할머니 어느 날부터 사랑방에서
대청마루를 건너지 못했다

　여장부의 밑천이 되어준 지남철
　할머니의 유일한 동업자
　속바지 주머니에서 한 시절 빛이 되어준
　그 지남철
　어디로 사라진 걸까

눈물바위

성묘를 하러 가다 눈물을 만났다
앉은 채로 늙은 눈물
지나온 시간을 누르며 스스로 닳은 흔적 여기저기 묻어있다
눈물 주변에 할머니 할아버지 아버지 오빠
나란히 누워계신다
산 입구에 버티고 있는 눈물 앞에서
나는 한순간 납작해졌다

별명이 금성라디오였던 할머니는 시골을 돌며 장사를 했다
쩌렁쩌렁 할머니 목소리는 늘 젖어 있었다
욕지거리에 깎여 한쪽 면이 절벽이 된 눈물
할머니의 상처 유난히 빛이 난다
시끄러운 날이 지나고 나면 표정 바꾸어
호기롭게 동네를 호령하던 눈물바위
날마다 흐린 동공으로 살던 여자의 눈물
보고도 못들은 척 태연한 귀머거리
그를 눈물이라 부르고 싶다

번재길

봉산동 백년가약 접어 낀
시골에 닿으면 만만한 길이 있다
쓸쓸한 꽃들이 철로를 감고 웅 웅
시간을 거슬러 되돌아오는 서러움도 있다

시간 있음 놀다 가라며
등 내어주는 봄날
유리문 살짝 내리고
복고풍에 기대어 낮잠이나 자고 싶은
번재길 오후 세시 무렵
막 피기 시작하는 꽃들의 향연
철다리 아래 시동 켠 채
양희은 버전 '나뭇잎 사이로' 를 듣는다

번재길 54번지 팻말 곁
첫 만남이 부담스럽다 짖어대는 개 한 마리
털이 얼기설기 엉겨 붙어 있다
마루 끝에 할미꽃 한 송이 앉아
콩을 고르고 있다

아직은 바람이 찬 번재길

봄바람에 흔들리는 것이 꽃잎만이 아니었음을

번재 그 길에서 안다

엄마는 왜 국수를 마다하실까

유난히 국수를 좋아하던 엄마는
머리가 빨리 세셨다
소면 그릇 속에
하얀 엄마가 담겨있다
밀가루에 노란 콩가루 섞인 손칼국수 반죽
소나무 안반(安磐)에
세월을 늘리던 엄마

또각또각
칼국수 써는 소리 밟히는 저녁
잘 드시던 국수를 토하면서 자꾸
배고프다며 호통이다

환자복 입은 엄마의 주름이 희다

국숫발처럼 뚝뚝 끊어지는 이승
세상이 바빠서 챙겨주지 못한 엄마의 입맛
돌려 드리고 싶다
그 많던 식탐 다 버리고

점점 말라가는 엄마를 보며
하늘 안반에 밀가루 반죽 늘여
초승달 지단, 별 고명 띄운
국수 한 그릇 말아드리고 싶다

신발역(驛) 일 번지

철암역 플랫홈,
역무원의 깃발이 춤을 추네
어서 오라고 손을 흔드네

아버지 등에 업혀 넘던 철로를
무궁화호에 실려 넘는 오후
사라진 왕대폿집 자리에
낮술 거나한 감청색 근무복이 보이네

나는 아버지를 찾으러
툭하면 역전을 배회 했네
시큼한 막걸리 냄새 진동하는 골목 안
질펀하고 검은 세상 일 번지
그 속에 장남의 생이 있었네

작은 손에 잡혀 나와
니 손 참 맵다 하시곤 이내 등을 내 주셨네
철로를 따라 비틀비틀 흔들리던 눈 오는 저녁
그 밤, 내 신발

철길을 베고 하룻밤 지샜네

사택 아래 흐르던 철암천 검은 물
지겹게도 춥던 역무원의 등
아버지 신발에 업힌 내 신발이 칙칙폭폭
어디론가 걸어가고 있네

알츠하이머씨와 파킨슨씨

어머니 몸속에는
파킨슨씨와 알츠하이머씨가 함께 살고 있다
머물지 못하는 검불처럼 봄볕을 기대고 앉아
두 남자와 동거중이다
식사할 때나 산책 때도 곁이 되는 파킨슨씨
작은 키에 단정한 정장과 금테안경 쓴 그가
왼쪽 팔 다리에 딱 붙어 있다
다 귀찮다며 뿌리치다가도 다시 눈길 마주치는 사이
날이 갈수록 깊은 관계가 되었다
어느 날 불쑥 나타난 알츠하이머씨
유난히 질투가 많아 둘 사이를 자꾸만 갈라 놓으려한다
한 여자의 그림자가 된 두 남자

엄마는 간혹 파킨슨씨를 잊고 알츠하이머씨를 그윽하게 바
라본다
눈빛을 알아챈 파킨슨씨가 머리를 빗겨준다
그들에게 흠뻑 젖어
잊고 버리고 잃고

엄마는 지금 둘 다 사랑하는 걸까

하루하루 이쪽저쪽으로 몸이 기울고 생각도 기운다

킨슨 인가

하이머 인가

그들을 만나고부터

너 이상 지울게 없는 엄마

행복한 표정을 짓고 있다

배경

평생 식구들 배경이 되어준 아버지
고목으로 태어나 고목이 되어버린 분
지난밤 꿈속에서 만났다

목단 꽃그늘에 갈색을 덧대고
덕지덕지 잎을 불어넣은 동양자수 두 폭 가리개
정지된 풍경에 갇혀 고립에 길들여진 그가
풍경 속을 사뿐히도 걸어 다니신다
생시 같다

가끔 자신을 열어
누군가의 배경이 되어주는 가리개
보여줄 듯 말 듯 사라지는
어렴풋한 얼굴
가리개 속을 활보 하시는 아버지
오늘은 내 시의 배경이 되어주신다

4부
버림받은 것들도 할 말이 있다

버려진 것들의 수다

버림받은 것들도 할 말이 있다

장마 떠난 후 원주천변
버려진 것들의 수군거림으로 어수선하다
부서진 의자
흙탕물에 매달려 필사적이다
토사에 쓸려 반쯤 누운 억새풀들
폐타이어 목을 꽉 잡고 있다
저마다 살아남을 구실을 찾고 있다
물이 출렁일 때마다 흔들리는 의자
하천은 물소리 높여 죽은 물고기들을 호명한다
널브러져 있는 붕어 주변에
파리들만 무법천지를 만났다
이들의 수다가 길어질 쯤
폐기물 수거 트럭이 도착되고
돈 되는 것들에 섞여
버림받은 것들이 트럭에 담긴다
다시 버려진 생이여!

하루

오수에 든 천변 길
물오리 가족이 콘크리트 포장도로를 넘는다
어미 꽁무니 따라 나서는 새끼오리
세상 무서운 줄 모르는 엉덩이들
실룩실룩 모험중이다

걱정스레 어미를 따라나선 오리들
목을 쭉 빼고 맴돈다
어미는 온몸을 흔들어 화들짝
도움닫기
점프 성공

도로 건너편이 궁금한
오리들의 비행
뙤약볕 늘어진 오후
위험천만한 차도를 넘고 넘는
사는 게 몸부림인 하루

마이 웨이

어느 송년회 뒷풀이
신입 소감으로 마이 웨이를 선곡하자
뽕짝에 맞춰 돌아가던 춤이 멈칫,
말끔한 사내에게 집중되었다
-오래 기다렸습니다
-지금 막 무대로 나갈 참인데 기회를
노래보다 멘트가 긴 사내
깔끔한 외모와 달리 박자 따로 음정 따로
끝까지 노래에 임하는 건장한 남자
팡파레가 울릴 때까지 마이크를 놓지 않는다
사람들은 자리를 뜨거나 딴전을 피우고
누군가가 정지버튼을 누른다
그럼에도 불구하고
무반주 마이 웨이를 반복하는 남자
그도 꽤 복잡하게 살았나 보다

누군가 곁에 있어도
오래도록 내 술잔이 비어있을 때
느닷없이 그날이 떠오른다

뼈의 무게

몸을 다치고서야 알았다
나를 향한 모든 것은
다 한통속 이라는 걸

앓던 이빨
지끈거리던 허리
치근대는 무릎
시도 때도 없이 저려오던 팔 다리
이들이 일제히 핏대 세워
시위 중이다

돌 뿌리에 걸려
꺾인 발목 부러진 뼈
주위를 맴돌던 근육들과 합세한 혈관이
새파랗게 질렸다
생의 과부하에 한 코 걸린 몸

발목 주변에는 부서진 5월이 남긴 메모들끼리

-공친회 서울투어, 도토리 부산 모임, 경주 그 친구, 엄마 보러가기-
수군수군 찢어지고 흩어져 있다
마음에 금을 긋고
신음 중인
5센티 뼈의 힘
몸은 정직하다

성교육 시간

넓은 마룻바닥에 전교생이 모여 앉아 성교육을 받는 시간 남
녀 생식기 그림에 뾰족한 지휘봉이 닿을 때마다 남몰래 아랫
도리가 저려왔다

축협 문화센터에서 성에 대한 강의를 듣겠다고 여강사 앞에
중년여성들이 흥건하게 모여들었다 1교시, 성폭력 사회적인
문제점과 언저리들 2교시, 남자와 여자의 성을 구체적으로
비교 분석, 참! 데이터도 많다 남자라는 인간은 태어나면서
부터 죽을 때까지 성기능이 진행형이다 그래서 애기들이 자
기고추를 만지작거리며 논단다 아무튼 이런 남자에 비하면
여자는 거의 성욕이 없다는 것도 데이터다

 남녀 성욕 대비 7:1
 지속형인 남자
 분위기타는 여자

 남의 다리만 긁는 성교육
 데이터에 집착하는 강의에 억지박수를 보내며
 전교생의 아랫도리를 저리게 했던 맨 강의를 떠올려본다

여탕에 들어온 공룡

공룡문신을 새긴 여자가
섭씨 41도 탕으로 들어왔다

순간 목욕탕 안이 출렁거린다
놀라 파랗게 서는 물
물속에 비친 자신을 발견한 공룡이 입을 벌린다
탕 물이 입속으로 빨려든다
공룡의 불룩한 눈이 놀라
알몸으로 뛰는 여자들을 살핀다
물을 뿜어내며 장난에 빠진다
천진한 혼돈이다

나는 말끔하게 씻은 몸으로
중생대를 걸어 나왔다

라이프 로깅 *

새로 산 옷을 찍고
새 가방을 찍고
범칙금 통지서를 찍고
점심상을 찍고
메모를 찍고
강의 내용을 찍고
정체 모를 상처를 찍고
주차해둔 자리를 찍고
나는 온종일 찍었다
무심코 찍힌 저녁뉴스
실체 없는 기록물이다
생생한 책임론이다
누군가 플래시를 터트려 어둠을 찍는다
빛이 닿을 때 마다 찍히는 것들이 먼지를 일으킨다
이 순간은 찾아야한다는 의지가 찍힌다
찍으려다 찍혔다
정리되지 않은 채로 찍히는 하루
실체는 대체 어디로 갔을까
내용 없는 하루만 서 있다

오늘은 내가 누군가에게 찍혀
쓸쓸한 기록물이 되었다

* 라이프 로깅: 때마다 거르지 않고 일상을 모두 기록하는 것

누군가에게 잘려보면 안다

작년 오월에 조카 손에 들려온 칼랑코에
무심코 자르고 나니 꽃 진 자리가 서늘하다
잘린 자리에 하얀 진물 잡혔다가 굳은 채로
한 계절을 건넜다

칼랑코에 얼굴이
첫아이 하늘나라에 보낸
조카의 모습을 닮았다

칼랑코에 상처 아무는 동안
옆 친구 페페로미아 무성하게 자라고
조카에게 들려오는 소식은 침묵 뿐
칼랑코에를 하얀 사기 화분에 옮기고
햇볕 가까이 놓아 주었다
어느 날 아침
조카의 애기 소식과
칼랑코에 곁가지에서 올라온 동그란 새싹으로
거실 안이 환하다

누군가에 잘려 보면 안다

무심코 자른 상처가 얼마나 깊다는 걸

트랙터에 실린 오후 세시

눈이 크고 얼굴이 뽀얀 여자가 트랙터를 몬다
왼손으로 핸들을 잡고 오른손으로 기어를 넣는다
호기로운 눈빛에 끌려가는 트랙터가 빈정이 상한 듯
몸을 버팅긴다
핸들을 잡고 안간힘을 쓰는 여자
트랙터는 요란한 기계음을 내며 툴툴 거린다
둘은 서로를 부리려고 힘을 쓴다
달래고 돌리고 삐걱거리는 두 집중,
서로를 부려 놓으려 한다

잠시 트랙터에서 내린 여자가 풀밭으로 내려선다 꽃뱀 한 마
리 발에 밟힌다 그녀는 손으로 뱀을 높이 들어 올린다 옆에
서 숨죽이고 있던 트랙터가 움찔, 시동이 꺼진다 얼굴이 뽀
얗고 팔뚝에 장미를 새긴 여자가 꽃뱀을 숲으로 던져준다 눈
이 크고 얼굴이 뽀얀 여자가 다시 트랙터에 오른다 그녀의
오후가 트랙터를 따라가고 있다

상한 딸기에 관한 단상

플라스틱 팩에서 짓무르기 시작하는 딸기
행사장 뒷모습 같다
보여주기 위한 사각틀 안에는
화려했던 립서비스가 난무하다
미처 냉장고에 넣지 못했던 딸기
외면당한 과육에서 진물이 흐른다
고요하게 썩고 있다

하나둘 멀어지는 축제의 뒤끝
내용 없는 것들은 서둘러 상하나 보다
행사용 현수막 혼자남아 펄럭인다

한 입 베어 물면 탱글탱글한
노지딸기 그 상큼한 맛
넘치도록 그윽한 향이 그립다

연회장 뒤끝이 성급하게 팩에 담긴 딸기처럼
싱겁고 시큼털털하다
텅 빈 행사장에는 후회만 가득하다

말자씨

청원탕에 가면 벌거벗은 세상이 정겹다
싱그러운 속살과 쭈글쭈글한 시간의 흔적들
물 만난 곳

말자야 청자야
불러줘 만져줘

말자는 매점 아줌마
청자는 목욕관리사
쉰다섯 아줌마 둘은 소꿉친구
미혼녀 말자와 돌싱 청자
무거운 미닫이문을 열고 들어서면 카운터 사이에서
옷을 입고 벗고, 형편이 달라지는 두 사람
이천 원짜리 막커피를 타고
이만 원짜리 때를 밀며 싱글싱글 즐겁다

둘의 몸짓에 섞여
서운이 끝녀 말녀도 한몫하는
우리 동네 목욕탕의 오후

울퉁불퉁 생긴 그대로의 모습으로
바다와 강과 산 이야기 끼어드는 찜질방도 있다
말자씨
여기 커피
커피는 오로지 막커피 뿐

눈썹바위

신의 눈썹이
하늘 위에 떠 있다
굽어보고 계신다
마애석불좌상을 지키는 눈썹 바위가
금방이라도 무너져 내릴 것 같다
불좌상의 인자하심은 뒷전,
바위의 형상이 하늘도 끌어내릴 자세다
줄지어 달려있는 연등
링거로 바꿔 주고 싶다
수능대박, 공시합격
기도를 타고
마른 허기가 돈다

탑 쌓기를 말리는 경내 규칙을 무시한 채
절 주변의 돌탑들이
내 걱정처럼 쌓여 있다
누가 저 눈썹을 받쳐줄까
함부로 무너지지 않으려는 안간힘
좌상을 향한 인내일까

하늘을 떠받쳐든 바위에 힘줄이 선다

석모도 저녁 바다가

서둘러 붉어지고 있다

예수의 수난기

성경 봉독(奉讀)이 끝나자
지루한 얼굴들이 숨을 고른다
기다리다 못한 누군가의 전화벨이 울린다
정적을 뚫고
음을 이탈한 신부님의 말씀
- 주의 수난기는 수 백 번의 연습이 필요합니다
- 좀 더 베드로답게
- 좀 더 빌라도답게

말이 마음을 잡지 못하는
억지 수난기
진부한 교과서 같다
말씀을 전하는 신부님이 너무 진지해서
자꾸 배가 고파지는
저녁미사

자작나무 책장 팝니다

- 가로84 세로182 폭23 원목 책장 팝니다
- 상태 깨끗하고 튼튼합니다
- 색깔도 예쁜 원목이고 책 수납 많이 됩니다
- 이사를 가게 되어 내놓습니다 믿고 구입하면 후회 안 할
겁니다

북유럽에서 태어난 자작나무, 사람이었던 전생을 원망만하
다가 핀란드 벌목꾼을 만났다 요란한 전기톱에 잘리고 깎이
고 알맞은 두께로 탄생 되었다 반듯한 합판으로 다시 태어난
자작나무 어느 날 직수입되어 책장 뒤편이 되었다

1007호 서재를 지키던 원목 책장 유난히 뒷면이 불룩하다
책장을 보러온 사람들 합판을 툭툭 두드려본다
주인은 핀란드산을 강조하는데
하필이면 왜 등판이 되었을까
다시 태어나도 누군가의 뒤편인
헛꿈 같은 자작나무의 생
인터넷 중고장터를 떠돌고 있다

김밥을 먹다

치악산 시루봉에 돌탑이 셋
그 중 하나가 낙뢰로 무너졌다
평생 신을 떠받들고 살던 사내의 고집
신의 행태(行態)가 무색하다

- 당했다더라
- 받았다더라
소문 듣고 모여드는 산 까치들
간밤의 무례한 사건을 전하느라 바쁘다
순간의 발화
낙뢰의 흔적이 처연하다
동쪽으로 심하게 흘러내린 돌탑
피뢰침을 꼽고 누워있다
서로의 어깨로 스크랩을 짜고 있던 돌들
놀라 흩어진 채 멈춰 있다

순간에 놀라 흘러내린 돌무더기
쓰러진 피뢰침 주변에는
서로를 안고 우는 바람소리만 쩌렁쩌렁하다

산을 지키겠다고 빨강 조끼를 입은 이들이
출입금지 팻말을 붙이고 붉은 선을 긋는다

일부 사람들 그 산을 깔고 앉아
김밥을 먹고 있다

무지외반증

일 센티의 넉넉함으로 헐겁고
일 센티 부족으로 옥죄이는 통증
틀어진 발가락을 달래지 못해 발만 키웠다
짓눌리고 꺾이는 익숙함으로 오늘 또 걷는다
누르는 자에게 밀려 옥죄이는 통증
유일하게 물려받은 할아버지 유전자

원망만하다 병원을 찾았다
엑스레이 화면에도 불쑥 튀어나온 뼈
담당의사는 뼈를 깎아내는 수술이 필요하다는데
나는 내 발을 바꿀 자신이 없다
더 이상 묻지 말자
포기 한 채 돌아서고 말았다
느닷없이 무지 아픈 무지외반증

당신은 무엇을 원했는가

박세현(시인)

▽

홍현숙 시인은 잘 계신가요? 이성복 어법으로 말하자면 나도 '어쩔 수 없이 잘 있답니다'. 어리버리하는 사이에 시간의 창고는 점점 비어가고 있군요. 시집의 발문을 부탁받았을 때 내가 또 발문을 쓰게 되었구나 하면서 망연했습니다. 피아니스트 글렌 굴드는 '올해는 악수를 하지 않기로 했다' 면서 상대의 손을 뿌리쳤습니다. 죄송합니다만 이제 해설은 쓰지 않기로 했습니다. 다른 필자를 물색해보세요. 이럴 수 없는 우좌지간에서 나는 한 편의 발문을 꾸며내고 있습니다. 이런 나를 나는 가볍게 용서하렵니다. 삶은 기망(欺罔)의 드라마이고, 시는 그것의 복사물이거든요. 홍시인도 알다시피 시는 해설하고 해설되는 물건은 아닙니다. 누군가 시집 해설을 고안하고 해설을 쓰기 시작한 사람에게 저주가 있어야 할 겁니다. 나처럼 모르쇠 하면서 노트북 자판을 두드리고 있는 인류에게도 동일한 저주가 전달되어야 합니다. 사실은 우리 둘이 외곽 어디 조용한 카페에 앉아서 아메리카노(기왕이면 투 샷으로) 같은 걸 시켜놓고 시에 대해 저러쿵이러쿵 덕담을 나누면 해설은 완결되는 거 아닐까요? 시가 참 좋습디다. 이런 막연한 심증을 주고받을 때 누군가의 시는 저절로 숙성될 거라 믿는 건 나의 종교입니다.

○

이번 시집은 홍시인의 두 번째 시집이더군요. 좀 화끈하게 말하자면 2탄이지요. 앞시집과의 상거(相距)가 꽤 되더군요. 누구는 25년만에 시집을 내고, 누구는 평생 시집을 안 내기도 하더군요. 우리나라 문학사에 자기 존재감을 부각시킨 시인들은 대체로 '어쩔 수 없이' 시집을 한 권만 출판했더라구요. 홍시인은 두 권의 시집을 상재하는 순간이니 어쩌면 문학사적 공간을 이탈하려는 욕망에 사로잡혔을 수도 있습니다. 그러나, 그건 나의 좁은 생각이고, 두 번째 시집을 갖게 되는 것을 축하합니다. 홍현숙 시인이 자기를 해명하는 순간입니다. 어찌 감회가 없겠습니까? 여담이지만, 그리고 나의 사정이지만 A4에 인쇄된 홍시인의 원고를 받을 무렵은 111년만의 폭염이라고 떠들어대는 여름이었지요. 인터넷에 40도라는 설이 떠도는 날씨입니다. 다행스럽게 41도는 아니었습니다. 그러면서 나는 홍시인의 시들과 대화를 나누기 시작했지요. 안녕하세요? 처음 뵙겠습니다. 이러면서 나는 떠나지 못한 휴가차 홍시인이 벌여놓은 시의 세계로 떠났습니다. 중심에서 한 시간쯤 격절된 곳에서 시를 쓴다는 것은 언제나 시를 다시 정의해야하는 난관들과의 쟁투입니다. 굳이 회수를 건너면 탱자가 되는 불가피한 전이과정을 시도 피해가지 못합니다. 지방은 나름대로 중심을 설정하고 중심을 쳐다보는 각도에 따라 시의 정의도 달라집니다. 그런 정황은 홍시인뿐만 아니라 지방에 거주하는 문학도라면 누구나 몸에 집어넣고 있는 사정일 겁니다. 내가 말하는 중심이나 지방을 서울이나 원주라고 직역하지 않기를 바랍니다. 다시말해 그것은 총론과 각론 같은 것에 대응합니다. 하루키 선생의 소설을 빌려다 쓰면 이데아와 메타포 같은 것입니다. 요컨대 총론보다 각론이 복잡하고 본부보다 지부가 어지럽다는 뜻입니다. 누구에게 시를 배웠냐고 묻는 경우가 있습니다. 시가 방언이 되는 현상들이지요. 지금도 어디선가는 야매로 시를 가르치고 배우고 하는 영업들이 진행됩니다. 우리 쪽은 굶어도 배워야 한다는 종식되지 않는 이데올로기의 반복이 문학판에도 번져있으나 생각만큼 소득도 능률도 없습니다. 이런 생각을 한보따리에 묶으면서

△

홍현숙 시인에게 묻겠습니다. 시는 왜 쓰세요? 누구를 위

해 쓰시나요? 시에서 무엇을 기대하는가? 시인의 발은 땅에 붙어야 합니까, 5센티 정도 떨어져 있어야 합니까? 대답할 준비가 되셨는지요? 나는 시인의 대답을 잘 들었지만 내용을 문장에 남기지는 않겠습니다. 오로지 등단하고, 문예지에 시를 발표하고, 페북에 시를 올리고, 문학상을 타고, 사람들 앞에서 시낭송을 하기 위해 시를 쓰려는 사람에게는 앞의질문이 면제됩니다. 그들의 대답은 그들의 행동이 답이기 때문이지요. 명함에 시인이라고 박고 싶은 사람은 그것이 시의가치일 것입니다. 지하철 문짝에 자기 시를 걸어놓고 아무렇지도 않은 사람도 마찬가지입니다. 그들에게 시는 직위가 아니라 직업입니다. 부동산 컨설턴트나 컴퓨터 프로그래머와다른 것이 없지요. 이름만으로 보자면 컨설턴트나 프로그래머가 훨씬 멋있어 보입니다. 시집의 발문을 청탁했더니 이작자는 웬 헛소리만 늘어놓는가. 발문 필자를 교체해야 겠군. 그렇지만, 나는 지금 나름대로 발문작업에 충실하고 있습니다. 그러니, 오해는 말아주십시오. 이제 시에 대해서 몇말씀 떠들겠습니다. 아시겠지만 해설이니 발문이니 하는 글들은 편집자나 시인으로부터 임명받은 지명독자의 주례용감상문입니다. 그것도 너무 정색하고 글을 쓰게 되면 쓰는이나 읽는 이나 두루 민망해집니다. 그래서 어쩌겠다구요?나는 홍현숙 시인의 시를 입에 넣고 우물거리면서 잘게 씹어서 맛보는 비평적 일을 하지 않을 겁니다. 그것은 발문자가아니라 홍시인의 시에 관심 있는 독자들이 자발적으로 나서서 할 일입니다. 홍시인의 시집에 배어 있는 체취는 시인이 견딘 생의 냄새일 겁니다. 시큼한 것? 퀴퀴한 것? 달짝지근? 어느 것인지 꼬집어 말하기 힘들군요. 우좌간 시의 관절에서 삶에 당하는 비명소리가 들려옵니다. 환청인 듯, 환각인 듯, 환취인 듯. 1950년대생 시인들에게는 홍현숙 류의 체취가 없습니다. 없는 게 맞습니다. 한국전쟁 이후 박정희시대의 개발독재 치하의 삶은 그것 자체로 큰 비명이자 원론적 하소연입니다. 그런데 1960년대생 시인들에게 삶은 생활에 치이면서도 '먼 북소리'를 그리워하는 몸부림이라고 생각되는군요. 지금 내가 무슨 말을 하는 건지 좀 헷갈리는군요. 홍시인의 시에서 비명소리가 새어나온다는 사실을 강조하는 것이지요. 앙다문 입술 사이로 새어나오는 콧소리(같은). 그것은 그것대로 힘들고 그것대로 즐거운 일입니다. 힘들다고 말할 수 있을 때는 덜 힘든 것이잖아요.

∞

이 시집의 오프닝은 「젖는다는 말」입니다. 시집의 첫 시는 아무래도 시집 전체의 인상을 함축하게 되지요. 첫인상이라는 말 있잖아요. 대개의 첫인상은 대개의 끝인상일 겁니다. 나같은 사람은 그래서 모든 것의 '첫'을 없애야 한다고 주장합니다. 첫눈, 첫사랑을 뺀 두 번째 눈, 두 번째 사랑부터. 홍시인 시를 읽으면 옛날 내 어머니 생각도 나는군요. 죄송합니다. 남의 시를 핑계로 내 생각을 해대서. 강원도 우리 동네에서는 표준어로 전을 적이라고 불렀습니다. 우리 쪽 사람들이 다소 무지해서 전을 적으로 발음했는지도 모르겠습니다. 그래봐야 밀가루 반죽한 것을 솥뚜껑 뒤집은 위에 쏟아놓고 김치를 죽죽 찢어얹어 지져내는 부침개지요. 처음 지진 것은 솥뚜껑에 눌러붙고 어쩌구 하여 실패작이 됩니다. 그걸 첫소뎅이라 부르면서 어머니는 치마 끝에 붙어 있는 내게 먼저 주었습니다. 얘기가 멀리 왔습니다. 돌아갑니다. 시집 오프닝으로 제시된 시를 읽었습니다. 나같은 활자류야 첫 시를 과도하게 음미하고 해석하고 싶은 것이지요. 첫소뎅이를 손에 들고 호호 불던 어린 식탐으로 읽습니다. '젖는다'는 말이 독자의 마음을 젓습니다. 시의 전언이야 대단할 게 없습니다. 소나기를 만나 쫄딱 젖었던 몸경험을 스트레이트로 적어놓았더군요.

  심장 가까이 출렁이는
  이 소리는 뭔가요

  이 소리가 아닙니다. 이 소리도 아니군요. 그럼 뭘까요? 시인도 모르는 소리를 남들이 알 도리는 없는 것이지요. 그렇지만 모든 해석은 폭력이듯이 나는 이 대목에서 묘하고 뻔한 에로티시즘을 맛봅니다. 도리없이 받아낸 소낙비가 온몸을 파고듭니다. 옷 사이로 마음과 몸 사이로 생각의 틈 사이로 현재와 추억 사이로 추억의 추억 사이로 스며들어서 홀딱 흠

빽 젖고야 맙니다. 시원하고 아련하고 짜릿하고 생생한 알몸의 슬픔을 겪습니다. 젖으면서 다시 젖고 싶은 어떤 희원이 시의 몸을 감싸버립니다. 느닷없이 김영태의 「김수영을 추모하는 저녁 미사곡」의 한 구절이 지나갑니다. 이해해주세요. 생각나는 거야 어쩌겠습니까. '내가 그대에게 줄 것은/식지 않은 사랑뿐이라고/걸으면서 가만히 내 심장 반쪽에 / 끓이는 더운 물 뿐이라고' 홍씨의 작은 해원(解冤)도 휴지가 물에 젖어 풀어지듯이 사라졌을 겁니다. 이 한 편의 굿이 뒤따르는 시들을 총람할 수는 없을 겁니다. 그래도 나는 그렇게 읽으렵니다. 내 맘이니까요. 아직도 내게는 칠판을 등에 지고 떠들어대던 고약한 선생버릇이 남아있습니다. 홍시인의 시가 심장 가까이 출렁이는 소리에 더 탐욕적으로 귀를 기울였으면 좋겠다는 말을 하고 싶었을 겁니다. (너나 잘하세요)

◇

발문이 다소 딱딱하고 재미없는 듯 하여 좀 덜 딱딱거리고 재미 있을까 해서 다른 시를 하나 읽겠습니다. 제목이 흥미롭습니다. 「빗소리가 있는 시창작 수업」입니다. 시창작 수업을 듣던 날에 비가 왔던 모양이지요. 시의 결구가 솔직합니다.

점점 세차게 내리는 빗줄기

이대로 서서

시 벼락이라도 맞고 싶다

시 로또를 맞고 싶다는 바램이군요. 꿈도 야무지심. 시 벼락 맞으면 죽습니다. 시마라는 말이 있던데 시의 마가 왕림한 시인은 어김없이 죽습니다. 시마가 왔다는 뜻은 시가 너를 데려가겠다는 소식이거든요. 시장통에 돌아다니는 시마는 유사품이니 속지 맙시다. 홍시인의 시에 대한 갈망을 이렇게 말해서 죄송하군요. 종로를 지나가다보면 가방을 메고 짝을 이룬 두 남녀가 다가와 '시를 아십니까?' 라고 물을 때가 있는데 대체로 나는 그냥 지나갑니다. 거리에서 시를 떠들만큼 나는 미치지 않았거든요. 시 벼락을 맞고 싶거든 얼른 당신 심장의 소리를 들으세요. 홍시인, 내 말을 믿으세요. 정작 이 시를 읽고 내가 말하려는 것은 이 대목이 아닙니다. 「빗소리가 있는 시창작 수업」의 부분을 오려내겠습니다.

청승은 금물

잘난 체 하지 마라

독자는 똑똑하다

진짜같은 거짓말을 써라

시의 흐름으로 보아 방금 전에 끝난 시창작 수업내용이 실황으로 전달되는 장면입니다. 시라는 이데아가 시창작 수업

현장에서 하나의 메타포로 전달되는 다큐현장을 생생하게 접하는군요. 뭐, 그렇지요. 대개의 가르침이 이렇게 하라/이렇게 하지 마라가 될 것입니다. 시를 쓰는 일에 청승은 금물이라는 말은 얼핏 그럴 듯한 억압입니다. 다음포탈에 검색하면 청승은 '궁상스럽고 처량한 행동이나 태도'라고 나왔습니다. 청승떨다, 청승맞다도 같이 검색됩니다. 사실, 시를 쓴다는 행위는 청승맞다이거나 청승떨다와 맞먹는 행위라고 생각합니다. 청승을 벗어나려는 몸부림까지 포함해서 말입니다. 사실, 똑똑하게 말해서 한국시는 청승 없이 설 수 없었고, 지금도 젊고늙고를 떠나 유력 시인들의 시는 청승 위에서 있습니다. 제 생각이지만 청승 없이 한국시는 존립불가하다는 것. 김소월의 원본 청승과 이상의 지적 청승은 무엇이 다르겠습니까? 대야의 물을 버리다가 애까지 버리지는 말아야 할 텐데.

그다음. 잘난 체 하지 마라. 난 체 하면 득보다 실이 많지요. 근데, 이런 말에 속으면 시대착오가 되지 않을까요? 사실 좀 알아달라고 시 쓰는 거 아니었어요? 난 시 안 쓰는 당신들과 좀 달라. 그걸 입증하려고 시를 쓴 거 아니었나요? 나만 그런가요? 좋습니다. 그런 호시절의 상황이 바뀐 거는 아시지요? 한때는 괜찮은 사람들이 시단에 모여들었는데 이제는 심심한 사람들이 시단에 모여들었다는 건 내 생각만은 아닐 겁니다. 이제 시인은 셰프나 바리스타보다 사회적 위상이 낮아졌다고 봐야겠지요. 높아야 할 이유도 없지만요. 시라는 언어작용이 인문학의 최전선이었을 경우에는 시를 쓴 다는 행위 일체가 잘난 체가 되었습니다. 우리의 근대 즉 시 인과 독자의 갑을관계가 조화롭고 생산적이었던 때도 있었 지요. 그런데 지금은 시에서 헤겔을 떠들고 세월호를 떠들고 적폐를 떠들어도 잘난 체의 범주로 먹어주지 않습니다. 잘난 체 하고 싶은데 잘난 체가 되지 않는 시대를 살고 있습니다.

다음 시행은 독자는 똑똑하다는 전언. 독자를 시인 수준으 로 이해하지 말라는 뜻이겠습니다. 지하철 문짝에 도배된 시 를 읽는 서울 시민을 본 적이 없습니다. 나는 문짝시를 보 는 것이 아니라 그걸 누가 읽고 있는가를 오랫동안 지켜봤 습니다. 문짝시 독자는 한 명도 보지 못했습니다. 한 명 앞에 '단' 을 삽입하는 걸 잊었군요. 이런 현상을 보면 독자가 똑 똑하다는 사례는 실증적으로 입증됩니다. 같은 논리로 대형 서점 매장을 돌아보면 독자가 똑똑하다는 생각을 수정하고 싶은 유혹을 느낄 때도 있답니다. 그렇지 않고서야 저따위 책이 매장에 산더미처럼 쌓여 있고 베스트로 팔려나가겠는 가 회의감이 밀려옵니다. 그러니 독자를 똑똑/안 똑똑으로 보는 시각은 현상을 잘못 판단하고 있는 예증입니다. 잘나지 는 못했지만 한 마디 척을 하자면 독자용 시를 쓰지 말자는 것입니다.

마지막 행. 진짜같은 거짓말을 써라. 진짜와 가짜가 있다 는 생각은 좀 그렇습니다. 시를 쓰려는 사람들에게 이 세상 은 진짜와 가짜가 뒤섞여 있는 판이 아닙니다. 진실과 사기가 혼재된 판이 아닙니다. 홍현숙 시인, 우리는 다 꿈 속에서 뛰쳐나왔다가 다시 꿈 속으로 돌아가지 못하고 거리를 배회하는 무숙자들이 아니던가요? 홍시인과 내가 같이 떠밀고/떠밀려 가는 세상은 가히 환상의 블루스이지요. 환상을 환상이라 부르는 게 무슨 의미가 있겠습니까? 홍현숙 시인의 시집에는 '가다서다' 라는 동사가 세 번 나옵니다. 구체적으로 찍어드릴까요? 「빗소리가 있는 시창작 수업」, 「오월과 칠월 사이」, 「맥도날드가 보이는 길을 간다」 등의 시편이 '가다서다' 의 출전입니다. 「맥도날드가 보이는 길을 간다」 에서는 '가다 서다' 를 띄어썼더군요. 오타로 보아야 할지 가다/서다를 분리하여 의미를 확장하려는 것인지는 확실하지 않았지만, 시인의 뜻을 존중할 여지는 있었습니다. 그렇다는 말씀이지요. 처음엔 발문의 제목으로 사용할까 했습니다. '가다서다의 시' 뭐 좀 있는 거 같았습니다. 그보다 더 유력한 후보가 나타나는 바람에 이 제목은 양보되었습니다. 시는 뜻이 아니라 말입니다. 기표입니다. 시는 한 방에 휘갈려지는 어떤 것입니다. 그걸 우리는 굳이 시라고 부릅니다. 발문도 가다서다의 지점에 와서 숨을 고릅니다.

□

이번 시집에서 나의 눈을 끄는 한 묶음의 시는 노인들을 다룬 시였습니다. 홍시인이 사회복지 계통의 일을 하신다고 들었는데 그 직무상의 경험을 시로 옮겨놓았습니다. 참 큰일이

에요. 100살 시대. 경사이자 저주인 100세 시대가 우리의 머리를 무겁게 하고 있잖아요. 홍시인이 이 문제를 시로 다루고 있다는 점은 제재의 측면을 넘어서 아주 중요한 문학적 의제의 착안이라고 봅니다. '노후가 걱정이야' 이런 수준으로는 당면한 노인문제를 관통할 수 없습니다. 그리고 이 문제를 노인문제라고 특정하는 것은 문제의 핵심을 간과하는 겁니다. 인간적인 너무나 인간적인 문제일 뿐입니다. 어쨌거나 사회복지치하에 던져진 인간군상의 실상을 시로 기록했다는 의미를 앞세우면서「어이 거기」의 일부를 인용합니다.

할아버지 표정을 바꾸더니

어이 거기 앉아봐 한다

지린내가 진동하는 그 앞에 다가 앉는데

–어디 여자 없어? 보지사 아줌마

여자 좀 구해줘 라며 바싹 다가 앉는다

지난 주에 받은 고구마 한 봉지가 뇌물일 줄이야

목욕차 보내준다더니 왜 안 보내주느냐고

한 술 더 뜰 때

보지사, 이제 간다고 확 나와버렸다

등 뒤로 할아버지 그림자

오래도록 멈춰 있다

'복지사' 라 세뇌했건만 결국 '보지사' 로 발음하는 노인남

자. 지하철 광고판에서 '정기사용권'을 '성기사용권'으로 읽는 남자도 있답니다. 따옴표 속에 인용된 시의 부분만 보아도 요양시설에 수용된 노인들의 문제가 무엇인지 확연해집니다. 시는 사회복지정책을 논하는 장르는 아닙니다. 시 따로 현실 따로, 슬픔 따로 문학 따로! 이럴 때마다 문학은 힘이 없다는 사실을 절감합니다. 굶주림으로 죽어가는 아프리카 대륙의 난민에게 물 한 모금을 전달하기보다 카메라를 들이대는 기자정신을 어떻게 보아야 할지 모르겠습니다. 슬픔으로 무너진 사람을 따뜻하게 안아주는 것이 먼저인지 그 앞에서 시를 읽어주는 게 먼저인지 모르겠습니다. 홍시인이 시화하고 있는 노인문제는 지구별 장기체류자들에게 다가와서 현관문을 노크하는 재앙이라는 점에서 국가적 의제입니다. 읽어보셨는지 모르지만, 요나스 요나손의 「창문 너머 도망친 100세 노인」, 다이애너 애실의 「어떻게 늙을까」, 쓰노 가이타로의 「100세까지의 독서술」 그리고 무엇보다 데이비드 실즈의 「우리는 언젠가 죽는다」는 모두 노인들의 문제를 다루고 있습니다. 가족들, 남이 안 보면 내다버리고 싶은 존재들. 가족의 정의입니다. 가족이 소중하다는 역설은 가족의 관계가 그만큼 복잡하다는 이치를 함축합니다. 분비물 속에서 태어나 우리는 서로를 아버지, 어머니, 누나, 형, 오빠라고 호칭하면서 세상을 견딥니다. 불교는 인연이라 설득합니다. 저런 개념들을 걷어내고 나면 우리는 다 '누구세요'가 되는 존재들입니다. 거덜이 난 존재들인 거지요. 홍시인

의 시에서 나-가족-노인들의 문제는 모두 하나의 문제에서 나오고 한 곳으로 귀의하는 문제입니다. 나라는 자아가 가족을 이루고 늙어서 노인이 되고, 노인이 되어서 요양시설에 수용되어 다시 처음의 나를 만나는 과정이야말로 홍시인의 시적 회로가 되기도 합니다. 뱀탕을 끓이고 있는 어머니 옆에서 '대체 무슨 고기가 이렇게 구수할까/나는 영문도 모른 채 엄마를 채근했다/묘한 긴장감 뒤에 흐르던/그 지극한 향/어머니는 독을 향기로 만드는/달인이었다' 독을 향기로 만드는 기술을 가진 엄마를 보면서 느낍니다. 우리는 다 누구나 삶의 달인이고 초인일 겁니다. 스토너(stoner)인 셈이지요. 스토너교수는 죽으면서 '넌 무엇을 기대했나?' 라고 세 번 자문합니다. 어거지로 번역하자면 스토너는 연마사 정도 되겠지요. 놀라운 비유군요. 혼자 견뎌야 하는 삶을 돌을 깎는 연마사에 견주었습니다. 누구나 적당히 성공하면서 적당히 실패하는거지요. 일상이 성사(聖事)라는 차원에서 홍시인의 시 「라이프 로깅」을 신선하게 읽습니다.

새로 산 옷을 찍고
새 가방을 찍고
범칙금 통지서를 찍고
점심상을 찍고
메모를 찍고
강의내용을 찍고

정체 모를 상처를 찍고

주차해둔 자리를 찍고

나는 온종일 찍었다

시같지 않은 시군요. 그래서 더 시를 자극하는 시입니다. 나는 이 시가 좋습니다. 취향의 문제를 걷어내고도 이 시는 작위가 없고 일상을 **그대로** 복사하고 있습니다. 물론 **그대로**는 언어를 사용하는 시인의 착각이겠지요. 이 착시현상을 나는 지지하고 옹호합니다. 시집 속에 떠 있는 '낮술! 자작으로' 이런 문장이 포즈가 아니라 삶을 파고들 때 시는 시가 아니어도 좋습니다. 시라는 말에 속아서 놀아나는 시들이 얼마나 많습니까. 시 쓰는 몸이 없는 사람들이 시를 쓰고, 시 읽는 몸이 없는 사람들이 시를 읽지는 않는지 살펴야 겠습니다. 여기까지 오고 보니 시집의 심미적 형식이나 언어사용법에 대해 따지지 못했습니다. 솔직히 말해 나는 그럴 힘이 없습니다. 더 솔직하게 말하자면 나는 그런 방식을 선호하지 않습니다. 홍시인, 어떠세요, 내가 중얼거린 말들.

☆

발문이라 떠들었지만 혹은 너무 대책없이 떠든 것 같으며 혹은 하지 않아도 될 말을 떠든 것 같기도 합니다. 내가 본래 그런 사람이 아닌데 워드프로세스만 열어놓으면 아무렇게 나 중얼거리는 버릇이 있는가 봅니다. 발문을 마치고 '끝'

자를 타이핑하고 싶은 조바심 앞에서 조용히 떠오르는 한 장면. 언젠가 길에서 홍시인과 마주쳤지요. 마주치지 않아도 되었을 것을! 홍시인이 말했습니다. 교수님 안녕하세요. 이어서 홍시인이 말했습니다. 교수님, 방학하면 한 잔 해요. 내가 얼른 말했습니다. 방학했는데요. 다시 홍시인이 말했습니다. 그러니까, 방학하면요. 나는 순간적으로 생각했습니다. 방학하면 안 되겠구나. 홍시인의 말과 내 말 사이로 흘러가던 몇 줄의 시를 나는 보았겠지요. 그게 늘 시라고 회고하면서 삽니다. 우리는 그렇게 관념이었던 것. 실체가 나타나면 실체 뒤로 숨어야 하는 존재였던 것. 그런데 십여년의 세월이 떠내려간 뒤에 비로소 홍현숙 시인의 시집 뒷글을 쓰게 될 줄이야. 여자 말고도 세상에는 모르는 일이 많더군요. 당신은 왜 시를 쓰는가. 시에서 무엇을 구하는가? 이런 질문을 거듭하면서 하나 더 추가 질문을 시집의 주인에게 돌려드립니다. 당신은 시집의 발문에서 무엇을 원했는가. 홍현숙 시인, 안녕히 계십시오.

☏

(글을 마치고 작업실 밖으로 나오니 문장 밖에서 기다리던 발문자의 환영들이 수런거리고 있다. 수고했네. 냉수 한 잔 드릴까. 오늘 원주 45도래. 정말? 아니 45도면 큰일나겠다고. 시집 제목은 뭐야? 대박나면 좋겠다 詩發 등등의 낮은 속삭임이 몸 가까이 들린다. 생시인 듯 꿈인 듯)

아무렇지 않은 척

2018년 9월 05일 초판 1쇄 인쇄
2018년 9월 15일 초판 1쇄 발행

—

지은이   홍현숙
펴낸이   강송숙
디자인   더블유코퍼레이션(정숙영), 나니
인 쇄   더블유코퍼레이션
펴낸곳   오비올프레스

ISBN 979-11-89479-00-8

—

출판등록   2016년 9월 29일 제 419-2016-000023호
주소   (26478) 강원도 원주시 무실새골길 52
전자우편   oballpress@gmail.com

" 이 책은 강원도, 강원문화재단 후원으로 발간되었음"

이 도서의 국립중앙도서관 출판예정도서목록(CIP)은 서지정보유통지원시스템 홈페이지(http://seoji.nl.go.kr)와
국가자료공동목록시스템(http://www.nl.go.kr/kolisnet)에서 이용하실 수 있습니다. (CIP제어번호 : CIP2018026642)